KB272459

청어詩人選 531

기다리는 사랑

연지 이영옥 2시집

도서출판 청어

기다리는 사랑

연지 이영옥 2시집

시인의 글

달맞이꽃

그리움에 지쳐있을 때
너는 내게로 왔지
달빛에 곱게 핀 너
캄캄한 밤이면 향내 따라
너를 찾아 헤맸고
비 오는 밤이면 빗소리와 함께
너를 찾아 불렀지
세월이 갈수록 더 커지는 그리움
돌아올 수 없는 줄 알면서도
밤이면 기다려지는 너
이 밤도 그리움 가득
달빛에 꽃으로 피어오겠지

2026년 봄
연지 이영옥

차례

시인의 글- 달맞이꽃

1연지 진달래꽃

4연지 망초꽃

5연지 비바람을 견디며

진달래꽃

앞동산에 진달래꽃이 피었다
이별의 눈물을 담은 꽃
연변에도 진달래꽃 피고 있겠지
그리운 내 고향 진달래

고향 친구

앞동산에 진달래꽃이 피었다
이별의 눈물을 담은 꽃
연변에도 진달래꽃 피고 있겠지
그리운 내 고향 진달래
그림의 동산 그리움의
어린 시절 추억이 꽃으로 피어난다
그리워 그리워서 어찌
그 마음 헤아리겠는가

고향 친구들이 왔다
추억의 그 시절 찾아
고향의 진달래를 그리며
마음과 마음을 모은다
그때는 웃음 가득한 천진난만한 시절이었지
어느새 황혼의 나이
모진 삶에 실려 이국땅에 와있네
그리움의 창을 너머
보고픔으로 달려가는 고향 연변의 동산
다시 그 시절로 가는 듯
어린 시절 소풍 가듯
만남에 고향을 그리는 오늘

출근길

아침 출근길에 나선 차들이 줄지었다
신호등이 색깔로 지시한다
잠깐 한눈팔다가는 빵빵
무엇을 하는지
앞차가 움직이지 않는다
순간 멈칫대다간 빵빵
울린다 운다
시간을 따라 재촉하는 출근길
너도 나도 급하다
출근은 시작 스치는 것마다 분주하다
흩날리는 눈발에도
질척이는 빗발에도
자칫 미끄러질까 봐 긴장이다

뿌리

숲으로 꽉 찼던 산이 앙상하다
벌거벗은 나무들 뿌리가
발톱을 세우고 있다
잠든 듯 깨어나 있는 숨길은
모진 겨울을 견디는 뿌리에 있다
삶은 뿌리로부터 시작한다
꿈도 뿌리로부터 이루어진다

별을 찾아서

이른 밤 산책을 한다
어둠이 짙어지면서
별 하나가 내려다본다
어릴 적 밤하늘에는 별이
수없이 많았지
멍석을 펴고 밖에서 자도 좋던 그 시절
하루를 세며 돌아보던 그 시절
버틸 수도 없고
붙잡을 수도 없던 그 시절
별은 친구였는데
별은 희망이었는데
다 어디로 갔나
별아 별아
꿈의 별아

추억의 단풍

가을은 잎새가 알린다
은행나무는 노랗게
단풍나무는 빨갛게
가을을 색깔로 물들인다

단풍이 추억을 부른다
목돈 번다는 바람에
휩쓸려 빠져들었던 시절
산 중턱도 못 가고 벼랑 끝에 섰던 그날
노란 잎새가 손을 잡아주었다
많은 사람이 타락에 빠져 헤맬 때
노란 단풍에 끌려 마음을 달랬다

아침이면 은행잎 하나 따서
책갈피에 넣고 꿈을 키웠다
나갈 수 있게 손잡아준 은행잎
타지에서 은행나무를 보면
고향이 돌아와 편안하다

복수초

새 차를 샀다
무슨 이름을 지어줄까
이리저리 책을 뒤적인다
복의 상징 복수초
영원한 행복의 꽃말
얼음 뚫고 피어나는 복수초
그보다는 수없이 복이 들어온다는 복수라고
내가 짓고 내가 뜻을 담는다
복이 올 거야 우쭐한다

황혼 나이에 찾아온 새 차
복 차에 복수초라 이름을 단다
복이 들어왔다
복 차, 복수초다

그림자

달빛에
그림자가 따라온다
수십 년을 함께 걸어온 그림자
내가 울면 같이 울고
내가 웃으면 같이 웃었지
어떤 날엔 구름 뒤에서 지켜보고
어떤 날엔 집 앞에서 바라만 보았지
언젠간 홀로 남을 그림자
이별의 시간도 있겠지
영원히 남아 있을
나의 그림자
고향으로 달려갈 그림자

지나고 보면 순간이다

추석 보름달을 본다
그리움이 몰려오고 기다림이 가슴 졸인다
회상하는 추억
어린 시절엔 철없이 그냥 좋기만 했던
추석 명절
고향을 떠나 황혼 나이 되니 달과 함께
떠오르는 그림이 촉촉하다
살면서 굽이굽이 돌아온 길
자갈길에선 뒤뚱뒤뚱
오솔길에선 쉬엄쉬엄
바위에 부딪히면 눕기도 했다
뒤돌아볼 새 없이 가을을 맞이한다
구름처럼 바람처럼 스쳐온 세월
지나고 보니 순간이다

꽃이 아름다운 것은

꽃이 아름다운 것은
바람 볕 비를 품고 피어나기 때문이다
시기도 질투도 없이
자기만의 개성을 꽃으로 피우기 때문이다
눈 속에서도 피어나는 동백꽃
조용히 봄을 알리는 개나리꽃
가시 돋친 몸속에서도 곱게 피어나는 장미꽃
서리에도 꿋꿋한 국화꽃
시기마다 피어나는 신비스러운 꽃들
나이 들수록 주름을 아름답게 피우는
그 이름 인생 꽃이다

갈대

바람은 흔들며 가고
달빛은 품고 가는 겨울밤
윙윙 바람의 몸부림인가
윽윽 갈대 울음소리인가

추운 겨울 헝클어진 머리이고
꼿꼿이 서 있는 갈대
아직 기다리는 사랑 남아있는가
몸부림치며 누구를 기다리는가
설날이 오면 보고파지는 얼굴
엄마의 그때 설날이 그리워진다

기다리는 마음

군자란꽃 필 때까지 기다림은
키워본 사람은 안다
3년 만에 핀 군자란
촛불처럼 올라오는 꽃대
올해도 빨간 촛불 켜주겠지

고향에 계시는 큰 오빠
아침저녁으로 운동하신다
연로한 몸으로 동생을 기다리신다
삶에서 햇살 같은 날은
한 사람이 또 한 사람을
촛불처럼 기다리는 날이다
오빠 뵐 날을 기다리며
그때까지 건강을 바란다

새길

한 발 두 발 내디디면
그곳이 길이 된다
태어나서 엄마 손 잡고
한 발짝 두 발짝 걸음마 배우던 길도
새길이었다
눈 오는 날에도
누군가를 위해 먼저 걷는 길
새길이다
오늘이 가면 내일이 오는 것
새길이다

인생길 험한 길
돌고 돌아 헤쳐나가면 새길이 나올 듯
내가 가는 길에
폭풍이 불고 파도쳐도
어느 땐가 평화의 새길이 올 것이다
한 해가 가고 또 새로운 한 해가 온다
새 걸음걸음마다
아름다운 새길이 펼쳐진다

여름의 끝자락에서

말복이 지났는데도
더위가 멈추지 않는다
마지막 열기의 꼬리인가
매미의 울음이 애처롭게 들려온다

무르익어가는 계절
세월도 함께 익어간다
장마 태풍 더위를 이겨낸
힘들었던 여름이건만
아쉬움이 남는 건 무엇인가
허전한 마음에 희로애락 여름이여
어서 손을 놓고
새로운 생각이 펴질 철을 맞이한다

계절의 변화가 주는 느낌

기승부리는 여름 더위에
매미들의 함성이 계곡을 울린다
계곡물에 몸 담그고 하늘을 본다
환갑 나이만큼 경험했으련만
한 번도 느껴보지 못한
이 허전함은 무엇인가
어린 시절 동네 개울가에서
친구들과 물놀이하던 시절이 어제 같은데
오늘 찾아온 계곡에는
맑은 노래에 춤추는 나뭇잎
모든 것이 새롭다
이 기쁨 이 행복은 무엇일까
지나온 날이 야속하다
앞으로 어떤 느낌이 다가올까
기다려진다

길은 열린다

살다 보면
길이 꽉 막힐 때 있다

인내하면 좋은 날이 오듯
길도 차근차근 걷다 보면
넓은 길이 나온다

오늘은 이런 일 저런 일
문턱에 발이 걸리듯
앞길을 막는 일이 생긴다
그것은 돌개바람처럼 오래 머물지 않는다
참으면 어려운 길도 다 뚫고 나간다

나누기와 더하기

학교 시절 배웠던 계산법
덧셈 뺄셈 곱셈 나눗셈의 혼합 계산법이다
사칙연산 순서를 정확히 알아야 하는 원리
생각해 보니 살아온 길이
계산법을 모르고 온 것 같다
곱하고 나누고 더하고 빼기도 하면서
살아야 하는 인생인데

새들이 새끼를 키우는 모습을 본다
훨훨 날아갈 때까지
멀리에서 지켜보면서 가르치는
어미새 계산법
마법 같은 사랑의 가르침을
가슴 깊이 느낀다
나누기와 더하기만 하면 안 되는 도리를

이름 석 자

태어나서 부모님이 지어준
이름 석 자
이쁘게 크라고
멋지게 성공하라고 달아준
이름 석 자
그 이름 소중함을 모르고
지나온 세월이 허무하다
바람 따라 세월 따라 이리저리 흩날린
이름 석 자
어느 날 문득 그 이름 석 자에
꿈이 달려왔다
단풍으로 곱게 물든 황혼
맛난 음식점을 쓰고 있다
엄마가 다시 불러주시는 듯
이름 석 자가 빛난다

잘 익은 상처

아침 산책길
여기저기 상처투성이인 풀잎이
손을 흔들며 반긴다
상처 많은 꽃잎이 가장 향기롭다
뒤돌아보면
상처 없는 사람 있을까
크고 작은 상처로
얼룩진 과거가 오늘을 맞는다
상처를 잘 다스리고 이겨온
나의 모습이 자랑스럽다
잘 익은 상처에선
꽃향기가 난다

가슴에 스며드는

엄마의 따뜻한 품에 안겨
젖 먹는 아기같이
고운 봄비가 내린다

봄비

봄비가 내린다
잠에서 깬 새싹들이
파릇파릇 얼굴 내민다
촉촉이 내리는 봄비
겨울을 녹여준다
엄마의 따뜻한 품에 안겨
젖 먹는 아기같이
고운 봄비가 내린다
봄비가 가슴에 스며든다

야속한 세상

무정한 세월은 마음을 아프게 한다
연변의 오빠와 언니에게 화상 통화를 했다
맑고 밝은 모습
청춘의 희열로 끓던 모습은 어디로 갔는지
부모님 빈 자리 지켜주신 오빠와 언니
그 사랑으로 마음 든든하고 행복하다

세월은 무정하여
오빠 언니의 청춘을 빼앗아 갔다
만날 수도 없고
갈 수도 없게 하는 야속한 세상
한 계단 한 계단 올라
80계단으로 오르시는 오빠와 언니
이젠 더 오르지 말고 멈추었으면 좋겠다
오래도록 함께하길 빌고 빈다

고향을 떠나와서

고향을 떠나온 지 20년
물설고 낯선 타향의 설움

참고 견뎌온 세월
손발이 닳도록 뛰고 뛰어
제2의 고향으로 정착했다
사람 사는 곳은 어디나 같다고
엄마가 가르쳐주신 명언이다
타향에도 정이 있고 사랑이 있다
보이지 않는 곳에서
묵묵히 지켜주고 달래주고
사랑을 준 천사
그 사랑으로 꽃을 피우고
그 사랑으로 열매를 맺는다
타향도 정들면 고향이라더니

봄 여름 가고 가을 그리고 겨울
눈이 내린다
지붕 위에도 들판에도
소복소복 쌓인다
고향에도 눈이 내리겠지

엄마 누워계신 봉긋한 산소 위에도
눈이 소복소복 내리고 있겠지
연변을 바라보면서
한국이 타향인가 타국인가 갸우뚱한다

기적의 꽃

쓰러졌다는 친구와 화상통화를 했다
꿈인지 생시인지
성숙한 엄마의 모습은 어디로 가고
어린아이 모습으로 변해 있다
다시 볼 수 없을 것 같아
가슴 조이고 애간장 태웠던 날
하늘이 무너지고 땅이 꺼지듯
내 마음도 무너졌다

하루라도 워이신으로 만나지 못하면
죽을 것같이 답답했던
서로 그 마음을 알아주는 하늘의 은총
정성이 지극하면 돌 위에도 꽃이 핀다는데
기적의 꽃이 피어나길
간절히 기도한다

비빔밥

오늘은 비빔밥을 했다
가을 단풍처럼 오색 빛깔로 별미다
어렵던 시절
엄마가 해주시던 김치볶음밥
그 맛은 기억에 지워지지 않는다

각가지 채소로 오색 빛깔 낸 비빔밥
어쩌면 비빔밥과도 같은 인생
기쁜 일이 생겨 즐거움을 맛보다가도
참혹한 고통과 슬픔을 겪기도 하는 인생

엄마가 동생 잃고
괴로움과 고통에 시달리시던 모습이 떠오른다
삶이란 반은 행복 반은 슬픔
인생은 희로애락 비빔밥이다

봄이 온다

봄을 재촉하는 비가 내린다
호루라기 소리인가
쭈룩쭈룩 봄을 알린다

봄이 온다
고향의 진달래꽃
아련히 떠오른다
봄이 오면 고향 산천은
진달래꽃 만발했지
정든 언덕에 꿈이 피는 고향
내 가슴 진달래는
사철 따라 피어난다
내 고향의 진달래
영원히 아름다우리

봄이 온다
연분홍빛으로 피어나는
고향의 진달래
어서어서 가보자
그리운 고향 연변으로

길

장맛비가 느닷없이 내린다
때로는 폭우가 내리다가
때로는 우박이 내리고
때로는 보슬비가 내린다

비에서
걸어온 길을 본다
때로는 눈물이 나고
때로는 웃음이 나고
때로는 쓸쓸하고 쓰라린 자리
고향에서 타향까지
몇천 리 몇만 리
산 넘고 물 건너온 그 세월
십 년이면 강산이 변한다고
어느덧 두 번
아픔도 슬픔도 길이 되었다

바람 불지 않는 인생 어디 있으랴
바람이 불어야 나무가 깊이 뿌리 내린다고
오늘의 길을 걷고 있다
꽃 피울 그날을 향하여

비가 오는 날
— 동생을 그리면서

— 비가 온다
비가 또 나를 울린다

너는 비가 오는 줄 모르고 있지
나는 비만 오면 눈물이 나는데
네가 보고 싶어서
네가 그리워서
언젠가는 비도 끊고
내 눈물도 끊는 날이 오겠지
얼마나 더 울어야
얼마나 더 그리워해야 하는지
빗방울이 가슴을 친다
눈물을 보이지 말자고
씩씩하게 살아야 한다고
네가 그랬지
누나는 잘 살 거라고

그래, 누나는 눈물 흘리지 않을 거야
그래, 너를 대신해 씩씩하게 살 거야
나의 사랑하는 동생을 위하여

— 가을비가 촉촉 내리는 날
친구 집에서 동생이 사 온
포도 한 송이를 받아 들고 오는데
눈물이 앞을 가린다
나도 동생이 있는데
꽃나이에 곁을 떠난 동생
울컥한다

보고 싶은 동생
세월이 흘러도 마음을 울린다
건드리면 쓰라린 상처
언제 아물까

꽃샘추위

꽃샘추위가 기승을 부린다
고개를 내밀던 꽃망울이 움츠린다
계절도 시기를 하는가
질투로 꽉 찬 세상
한 치의 양보도 없이 물고 뜯고
평화의 봄은 언제 오려나
봄 햇살이 낯설어 가슴 시리다
변덕스러운 꽃샘추위에
몸과 마음도 얼어붙는다
따뜻한 봄날을 기다린다

그 설날은

떡메 소리 떵떵
설날이 왔다 떵떵
한 살 더 먹는다고 깡충깡충 뛰놀던 조카들
사랑의 뿌리들을 만나는 기쁜 설날
언제부턴가 서로서로 멀어진 그 까치설날
설날이 오면 나무 위에 앉아
소식 전하던 까치는 어디로 갔나
그리움에 지치고 기다림에 지친 그날이
이제나저제나 언제 올까
기다림에 눈시울이 얼고 얼어
겨울비가 내린다

언제 그 설날이 올까
까치 소식만 기다린다

달은 그리움

깊은 밤
문득 창밖을 내다본다
달이 나를 보고 있다

어린 시절 고향집
지붕 위에 두둥실 떠 있던 달
그리움을 달래주던 둥근 달
군대 간 오빠를 그리워하며
밤을 지새우시던 엄마
이제는 먼 하늘나라 계신다

아, 그리운 엄마
저 밤하늘 달빛에
엄마 얼굴 그려본다

이별 앞에서

꽃 피는 건 힘들어도
지는 건 잠깐이다
어릴 때 더디게 가던 시간이
바람같이 눈 깜짝할 사이
서녘에 서성인다
온 가족 모여 웃고 떠들던 시절
옛 이야기되고
하루하루 다가오는 이별의 슬픔

한세대의 이별이
또 한세대의 이별로 가까워져 온다
무정한 세월
언젠가는 곁을 떠나야 할
서로 마음 비우고 슬퍼하지 말자
바람에 불려 가는 구름이라 생각하자
들꽃 스쳐 가는 바람이라 생각하자

겨울비

겨울비가 내린다
이별의 아쉬움이 한껏 다가온다
잎새 떨어진 자리에 빗물이 맺힌다
그새 새싹 틔울 준비를 하는가 보다
추위를 온몸으로 견뎌야 하는
앙상한 나무
겨울비가 아프다

나뭇잎 다 떨어지고 겨울을 난다
봄이 오면 꽃을 피우기 위해
홀로 겨울을 지키는 나무
떨어진 잎이
보고 싶고 그리우면서도
내일을 위해 떠나보낸다
철을 앞세워 오는 찬비 앞에서
뼈 울고 살 떨리지만
사랑으로 젖어 간다

행복을 찾아서

47

숲이 반겨주는 힐링 클럽
바나나 나무에 푸른 잔디 숲속
따뜻한 물에 몸을 담그니
심란한 마음도 피곤한 몸도
사르르 녹는다
머리도 맑아지고 상쾌한 기분
도란도란 이야기꽃 피어난다
행복한세상이 열린다

달이 되신 엄마 생각이 난다
오늘만은 딸 곁에 와서
함께 호강 한번 하자고
엄마 엄마 고생만 하신 엄마
그리운 엄마

어김없이 찾아오는 봄

봄이 오면
꽃샘추위가 길을 막아도
꽃눈 내미는 버들강아지
연지곤지 찍고 꽃마차 타고 오는 봄
꽃마차에 오른다

고향의 진달래도
꽃망울 맺고 있겠지
주린 배 잡고 보릿고개 넘던 그 옛날
지글지글 진달래 씹으며 넘던 고갯길
그동안 얼마나 피었다가 졌나
그리운 고향의 진달래
올해도 곱게 피었을
진달래 보러 가야지

봄 내음 가득한 엄마 밥상

겨우내 잃었던 입맛을 돋우고
향긋한 봄 내음 가득한 밥상
냉이 무침 쑥국 달래장

봄이면 쑥쑥 올라오는 여린 쑥
푸르싱싱한 냉이
어린 시절 엄마가 끓이신 쑥국
엄마의 봄철 밥상
그때가 그립다

온실 속 화초

온실에서 겨울을 난 화초가
밖에서 봄비를 맞고
보약 먹은 듯 반짝반짝 빛내며
빙그레 웃는다

이제 앞으로
바람에도 흔들리고
햇볕에도 그을리며
튼튼하게 자라길 바란다

귀한 자식 매로 키우라는 말처럼
비바람에 내놓은 화초
세상과 맞서나가기에
단단한 각오를 해야 한다
흔들리고 넘어지면서도
반듯하게 일어서서
힘차게 헤쳐나가는 용기가
풍성한 꽃을 함박 피울 것이다

봄의 들녘

새싹이 기지개를 켜고
파란 날개 펴는 봄이 온다
버들가지마다
힘찬 핏줄을 세우고
봄을 맞이한다
파랗게 물드는 들녘
아지랑이 피어오르고
냉이 캐는 할머니
쑥 캐는 아주머니
봄 향에 젖는다
생명이 돋아나는 들녘
농사 준비에 분주하시던
아버지의 발걸음 소리 들려온다

눈은 포옹하며 쌓인다

나 가는 길
너 가는 길
유난히 반짝이는 눈발이
눈부시다

벚꽃 필 때면

피어나는 벚꽃 따라
아련한 추억이
마음을 울린다
겨우내 추위를 이겨낸
꽃봉오리가 터질 듯하다

밤새 한껏 피어날 꽃
그동안 참으로 아팠다
이제 얼마나 더 견뎌야
흥겹게 마음을 열까
꽃봉오리에 그리움이 앞을 가린다

열 남매 낳으신 울 엄마
활짝 피어나면 이내 져버릴 벚꽃
버찌를 남겨두고 흩날려 떠나도
엄마의 미소는
꽃바람 타고 계속 피어오르리

자석 같은 혈육

매일 눈만 뜨면 안부를 전하는 오빠
세월이 흘러도 씻기지 않는 붉은 흔적
가슴에 상처로 얼룩진 삶의 다른 세상
세상 파도에 깎이고 깎여도
더 단단해지는 건 혈연의 힘이 아닐까
어린 시절의 상처로 원망이 쌓였던 아픔은
눈 녹듯 사라지고
나이 들수록 더 애틋해지는 것은 무엇일까
보고픔이 마음에 딱 붙어서 마음을 울린다
자석 같은 혈육
기둥 같은 오빠
오빠가 계셔서 든든하다

별이 빛나는 밤에

창밖에서 별 하나가 지켜보고 있다
태어나 자란 중국에서
조상의 나라 한국으로 온 지 20여 년
밤이면 별과 동무하며 보낸 세월
어릴 때 밤하늘엔 별들이 총총 빛났다
은하수가 눈부시게 펼쳐졌다
반짝반짝 윙크하며 빛 총을 쏘았다
별들은 이제 그리움의 노래가 되고
추억이 되어 황혼을 달래주면서
별과 별 사이 외로운 사람이 보인다
어떤 날에는 구름 뒤에서 지켜보고
어떤 날에는 빛나는 모습으로 지켜본다
힘내라고 잘하고 있다고
세월 따라 늙어간 그리움의 별
별이 있어 외롭지 않다
마음속에 별이 되신 엄마
엄마가 그립다

내리사랑 치사랑

57

설이다
분주한 아들이
부모님 찾아뵙는다고 온다는 소식에
마음이 들뜬다
자식 위해 잘해 먹이려고
정성 다하는 엄마
나이 들수록 자식에 대한 사랑은 더 애틋하고
커 갈수록 부모님 걱정은 더 커지고
사랑은 변함없다
효도 선물 한 보따리
뭉클한 내리사랑
행복한 치사랑
소중한 우리 가정

설을 맞아

산은 숲을 품고
숲은 나무를 품고
나무는 새 둥지를 품고
새 둥지는 새를 품고
새는 새는…
노래로 온 산을 품고……

누구에게나 소중한 어머니 품 같은 고향
고유의 명절 설입니다
고향 찾아서 온 가족 단란히 모이는 설날
아릿한 추억이 새록새록 떠오릅니다
부모님 계시던 설날이 그립습니다
가족과 함께 즐겁고 행복한 시간
복 많이 받으세요

꽃샘추위 2

입춘이 지나자
봄이 오는 듯하더니
다시 밀려오는 추위
봄을 시샘하는가
이별이 아쉬운가
더디게 가는 겨울

바람 같은 세월이라
노래처럼 나오던 말도
마음 안에서 멈춘다

겨울 장미꽃

하얀 솜 같은 눈꽃
해가 솟아오르면
금세 자취를 감추지만
겨울에도 가꿔서 피는 장미꽃은
마음을 이어주며 반겨준다

오늘도
장미꽃을 보면서
시심을 읽는다

노을길

봄이면 화사하게 피어나
동무해 주는 화초가
앙상하게 겨울을 보내고 있다

찬바람이 스미면 마음이 슬퍼진다
분주하게 살아가면서
아픔이 무엇인지 모르고 지내온 날들이
요즘 무서워진다
늙어가는가 보다

지나온 날이 허무하고 아쉽지만
다시 앞날을 내다보며
가을 단풍잎처럼 노을길을
아름답게 수놓으련다

뜻을 모은다는 것

눈 오는 날 길을 걷는다
나 가는 길
너 가는 길
서로 십자를 내며 걷는다
눈은 서로 포옹하며 쌓인다
유난히 반짝이는 눈발이
눈 부시다

변덕스런 날씨

강풍에 눈보라의 기세가
교통사고를 일으킨다
예측할 수 없는 사고로
화도 나고 억울하지만
하늘이 무너져도
솟아날 구멍이 있다고
내일은 다시 해가 뜨리

바람에게

바람이 스친다
어떤 이에게는
기쁨과 즐거움 주고
어떤 이에게는
슬픔과 괴로움을 준다

바람은 모든 걸 보고 있다
돌개바람 일어나고
번개 바람도 불어온다
바람은 산을 타고
바람은 숲을 흔든다
세상에 흔들리면
치유의 바람을 맞는다

후회

나이 들면 잠이 오지 않는다는 말을
실감하는 60대다
창밖을 보니 달이 지켜보고 있다
하늘의 별이 되신 엄마
지나온 날들이 영화필름처럼 스친다
마음 아픈 사연이 가슴을 친다
사느라 바빴던 그 시절
엄마 곁을 지켜드리지 못하고
타향으로 떠나온 불효 딸
그때는 왜 엄마 마음 헤아리지 못했는지
왜 외로운 엄마 마음 생각 못 했는지
왜? 왜?
엄마! 엄마!
소리쳐 불러보아도
대답 없는 밤이 길다

석양

아침 출근길 동반하던 태양
어느새 서녘 하늘을
고운 빛깔로
마음속 깊이 물들인다
지나온 모습을 돌아보며
노을처럼 영원히
빛나길 두 손 모은다

잉꼬부부

아침 운동을 나가면
옆집 할머니가 잉꼬부부라고 부른다
따뜻한 말 한마디에
우리는 더 다정다감해진다

살면서 티격태격하는 사람
불평불만 하는 사람
온 아파트를 들썩이며 싸움하는 부부를 본다
세상은 나 혼자 사는 것이 아닌데
서로 어울리면서 고락을 함께하면서
나누며 베풀며 살아가는 공동체

베란다에 비둘기들이 집을 짓고
오손도손 사는 모습을 본다
비둘기처럼 다정다감한 사람
포근한 사랑 엮어가는 잉꼬부부가 되어
세상이 아름다워지길 바란다

겨울의 문턱에서

나뭇잎 다 떨어진 앙상한 나무들
겨울이 다가온다
이제 매서운 추위를 이겨내면
다시 봄
계절은 인생과도 같다
비 오면 비 맞고

눈 오면 눈맞고
아쉬움도 그리움도 추억을 남기며
한 고비 한 고비 스쳐 가는 인생길

계절의 휴식처 겨울이다
따뜻한 구들목이 생각난다
몸도 마음도 녹이는
고향집의 따뜻한 엄마 구들목

건망증

어릴 때
엄마가 자랑했던 막내딸의 총기가
세월에 날려
금방 듣고도 다 까먹는다
볼펜을 손에 쥐고 찾고
탁자 위에 핸드폰을 찾는다
치매인가
노망인가
마음은 봄날 꽃인데
몸은 가을바람이다
세월은 무심하게 흘러간다

비둘기의 샛길

천장에서 툭 소리가 나더니
고양이 습격받은
비둘기 한 마리 달려 나온다
가만히 보듬어 모이를 주고 살펴준다
고양이 먹이가 될 뻔한 비둘기를 보며
지난 일을 떠올린다
힘들 때 도와준 그분
그 사랑의 손길은 아직도
내 마음에서 싹을 틔운다
비둘기가 훨훨 날아간다

4연지

망초꽃

밭이든 개울가든
자리를 가리지 않고 피어나는 꽃
들녘을 장식하는 꽃

넓은 세상

한 시간에서 두 시간 정도의 거리만 오고 가던 차가
오늘은 금왕에서 4시간이나 걸리는 하동으로 떠난다
이야기꽃을 피우며 도착한 하동
대봉감이 반겨준다
꿀처럼 단 대봉감
감나무에 주렁주렁 탐스럽다
주인아저씨가 먹어보라며 주는 감
푸근한 인심
지역마다 특색을 자랑하며 살아간다

햇살

입동이 지나면서 서리가 내렸다
응달 풀은 축 처지고
양달의 풀은 여전히 뽐낸다

나는 응달에서
어린 시절을 보냈다
이제 햇살은
나를 알아보았나 보다
서서히 몸이 녹는다
새싹이 트면서
황혼의 꿈을 펼친다

두부 계란전

냉장고에 두부가 얼어서
보리빵처럼 숭숭 구멍이 났다
계란을 풀어서 두부에 올려
두부전을 만든다

나의 삶 속에서도
채워지지 못한 일이 수두룩하다
말과 말이 서로 오해하는 일
행동으로 남에게 상처 주는 일
구석구석 구멍 난 곳을 메워가면서
살아야 한다
두부 계란처럼 곱게 곱게

만능 추어탕

봄에는
힘내라 먹고
여름에는
이열치열이라 먹고
가을에는
제철 음식이라 먹고
겨울에는
속 덥히라고 먹는다

가을비가

오곡백과 무르익어 가는 가을
하늘의 심술인지 비가 멈추지 않는다
활짝 핀 꽃잎은
빗물에 쓰러지고
노랗게 여문 벼 이삭은
싹이 날까 걱정이다
농부들의 땀방울로 영근 벼 이삭들
비바람 이겨내고 꽃을 피운 꽃잎들
하늘은 모르나 보다
한때 나에게도 벼락 비가 쏟아졌었지
피할 수도 없이
일어설 수도 없이
그러다가 어느 날
구름 사이로 솟아난 태양
하늘의 은총을 받았다
가을비가 어서 멈추기를 기도 한다

새것도 순간이다

사람들은
새것을 좋아하지만
새것은 오래가지 못해 헌것이 된다

새 차를 샀는데 한 달도 안 돼
서 있는 차를 박아 아프게 한다
새 차를 타고 날 것만 같던 날
폭우 쏟아지듯 마음을 불안하게 한다

새것도 순간이다
계속 빛을 내려면 닦고 가꿔야 한다
기쁜 날 있으면 슬픈 날 있고
그렇게 오늘도 순간으로 스쳐 간다

곰보배추

아침 산책을 한다
아파트 정원에 곰보배추가 모여 자라고 있다
한겨울 눈 속을 뚫고 나오는
하늘에서 내린 풀 천상초
곰보처럼 생겨서 곰보배추라 부른다

이름이 천하여 높은 사랑 받는가
만병통치 약재 곰보배추
이 세상 잘난 체하며
자기밖에 모르는 사람
못생겨도 겸손한 마음으로 남을 배려하며 사는
천사 같은 사람
곰보배추가 더 사랑스럽다

나의 가을

생각할 겨를도 없이
찾아온 가을
어린 봄날을 철없이 보내고
불덩이 같은 여름철엔
방향을 잡지 못하고
철들까 하니 가을이다
무르익어가는 가을이
오래 머물다 가길 바란다

지울 수 없는 아픈 상처

나무 위에 까치집이 아파트처럼 보이더니
어느새 나뭇잎 사이로 어렴풋이 보인다
까치들도 가정의 달 5월을 알까
포근히 껴안은 까치집

기쁨이 찾아올 때면 늘 파고드는 아픔
오늘도 내 마음을 울린다
몸에 난 상처는 옹이로 남아 마음을 괴롭힌다
열일곱 살에 동생을 공부시키려고
학교 문을 나온 지 수십 년
아픔에 아픔을 주고 떠난 동생
하늘이 무정한가
세월이 갈수록 파고드는 아픔
봄이 오면 꽃과 대화하고
여름이 오면 푸른 숲과 동무하며
오는 계절 가는 계절에 마음 달래며
지우려고 잊으려고 몸부림친 나날

흘러간 세월이 말한다
잘 견뎌왔다고
잘 이겨왔다고

추석을 맞는 마음과 마음

추석 명절 잘 보내거라
오빠의 애절한 문안이다
고향 연변을 떠나온 지 긴 세월
사는 게 바빠 얼굴은 볼 수 없고
가끔 안부도 전하기 바쁘다

고유의 명절 한가위가 왔다
10월 초면 단풍이 곱게 물드는
그리운 고향에도 보름달이 떴겠지
추억이 가슴을 저민다

어릴 적 꿈을 키웠던 고향의 들녘
몸은 멀리 와있어도 마음은 언제나 고향
그립고 눈물 나는 부모님
고향을 지키고 있는 가족과 친구들
변함없는 사랑이 보름달처럼 오른다
마음과 마음이 이어지는 추석 명절

모든 것은 다 지나간다

산책로를 거닐면서
무성한 풀잎을 본다
봄소식 알리던 새싹
여름 지나 가을 들녘을 꽉 채운다
밤이 떨어지고 도토리가 구르고
씨앗을 남기고 떠나가는 식물체들
우리도 마찬가지
비 오면 비 맞고
눈 오면 눈 맞고
좋은 일 궂은일 다 겪으면서
물 흐르듯 흘러간다
내일은 오늘로 다가와 흘러간다
기쁘고 슬픈 인생도 다 지나간다

엄마 마음

이른 새벽
풀벌레 소리가 여기저기서
마음을 파고든다
다 큰 아들이 보고 싶은 건 무엇일까
자주 엄마 보러 오면 안 될까

아들 전화다
엄마 뵈러 갈게요
모두 녹아내린다
찌르륵 찌르륵
마음 울리는 귀뚜라미 소리
작아지는 마음
아들을 기다린다

가을 소리

창밖에서 들려오는 저 소리
자장가인가
하루의 피로를 풀어주는 저 소리
풀벌레 울음인가

아침을 깨우는 귀뚜라미 우는 소리
붉게 물든 하늘 노랗게 익어가는 벼 이삭
나무와 나무 사이에 햇살
바람에 귀를 기울인다

가을이 여물어 간다

고향 친구들

85

아침 뻐꾸기 울음소리가 들려온다
뻐꾹뻐꾹
고향집 앞산에서 들려오던 소리
오늘은 고향 친구들이 오는 날
한 교실에서 공부하던 동창생들
덕수야! 영옥아!
천진난만한 그 시절 부르던 이름
듣기만 해도 울컥하고 든든한 그 이름
만나면 반갑고 헤어지면 아쉬운 우리
덧없이 가는 인생길
타향의 가을을 맞으며
어느새 황혼의 언덕에서
꽃노을 곱게 피운다

세월 앞에서

여름의 끝자락
매미들의 울음소리 높다
시간이 총알처럼 스쳐 간다
삶의 맛도 모른 채 제멋대로 살아온 지난날
변덕으로 곰삭았다
희극도 비극도 아닌 인생살이
이제야 삶의 소중한 깊이를 느낀다

가을이다
하늘에 목화솜 같은 구름
이제 곧 겨울이 오겠지
바빠진다

강아지 놀이터

아파트 정원에 곱게 장식해 놓은
어린이 놀이터
산책 나온 사람들이 한 명 두 명 모인다
나오는 사람들은
강아지 한 마리씩 끌고 나온다
감자야! 똘이야!
어린이 놀이터가 강아지 놀이터다
강아지 보고 춤추는 이
노래 부르며 개그하는 이
나무 위 새들이 웃는 듯
재잘재잘 노래한다
그게 강아지예요 사람이에요

할머니 손잡고 나온 손주
그 모습이 그립고 그립다
오늘도 또 강아지를 안고 나온다

하얀 곶감

꽉 찬 냉장고를 정리하다가
곶감을 발견했다
어린 시절 그렇게도 먹고 싶었던 곶감
엄마는 아픈 나를 달래느라
장에서 곶감 몇 개를 사 오셨다
흰 가루 뒤집어쓴 곶감
햇빛에 하얗게 돋아난 곶감이
아픔을 달래주었던 시절이
그리움에 젖는다

망초꽃

밭이든 개울가든
자리를 가리지 않고 피어나는 꽃
봄이면 나물 반찬으로
제일 먼저 식탁에 오르고
여름이면 꽃을 피워
들녘을 장식하는 망초꽃
가까이서 더 이쁘게
멀리에서 더 이름답게
망초 같은 화해의 세상
평화의 세상 오기를 기도한다

5연지

비바람을 견디며

들꽃을 보면 어머니 생각이 난다
들꽃을 보면 아버지 생각이 난다

들꽃

들꽃을 보면 어머니 생각이 난다
들꽃을 보면 아버지 생각이 난다
조용히 피었다가
조용히 사라지는 꽃
비바람을 견디며 활짝 피어나는 꽃
가장 아름다운 꽃

이해한다는 것

유난히 무더운 여름
오늘따라 엄마 생각이 난다
머리에 이고 다닌 짐
자식 위해 평생을 바치신 노고

이제야 느낀다
내가 엄마가 되고 나서

불타는 저녁노을

아침 출근길
방긋 반겨주던 해님
저녁 퇴근길에는
금빛 덩어리를 선물한다
한 폭의 그림과도 같다
찬란한 순간이다
하루의 피곤이 싹 날아간다
누구에게나 찾아오는 희열의 순간
저녁노을이 빛난다

어머니의 푸념

장맛비가 내리는 일요일
엄마 생각이 난다
엄마는 동생을 불러
장마당 가자고 한다
어린 동생은 안 가겠다고 생고집을 한다
푸념하시는 엄마를 본 내가 따라나섰다
다 큰 딸 아끼시는 엄마
집으로 돌아와서
쌀겨 판 돈을 곱게 싸서
올케언니를 주며 삼촌 댁 아들
결혼식에 다녀오라고 하신다

엄마 푸념은
자식 위한 눈물이었고
자식 위한 기쁨이었다

추억의 감주

여름이면 엄마는 밥으로 감주를 해주셨다
밥알 하나하나가
엄마 손에서 익어 동동 뜬다
새콤달콤한 감주
온 집식구들의 여름 더위를 식혀주었지
소화도 잘되고 시원한 음료
밥 감주
엄마 정성
엄마 사랑
오늘도 내 마음을 시원하게 식혀준다

오이소박이

여름철 별미
오이소박이를
식당의 손님상에 올렸다
와~ 오이소박이다

신선하고 아삭한 오이
부추 양파 각가지 채소로 어울린 양념
더위를 날린다
엉켰던 마음도
서로 이해하고 어울려
시원하게 감싼다

그림의 떡

아파트 연못에
비둘기들이 모여있다
연못 붕어들이
날 잡아보라는 듯 오르고 내린다

비둘기들이 대들지만
그림의 떡이다

모성애

아파트 베란다에
비둘기 집이 있다
아침이면
새끼 먹이를 물어다가 준다
새끼들 입을 짝짝 벌리고
아침이 분주하다

엄마 솜씨

해마다 요맘때면
뽕잎으로 쌀 만두를 한다
옛날 엄마가
옥수수잎으로 떡을 해주시던
솜씨를 본떠
쌀 만두를 빚는다

엄마 솜씨에
딸 솜씨가 어울려
익어간다

네잎클로버

아침 산책길
네잎클로버가 두 개나 들어온다
오늘은 내게 두 배로 행운을 주려나 보다

행운의 복은 그저 오지 않는다
애쓰며 노력하거라! 하늘의 소리다
내게 찾아온
행운의 복 네잎클로버
좋은 일 있기를 기도한다

거울

보이는 대로 모양대로
보여주는 거울은
속이지 않는다
자기 생각만 하는 사람
어리석은 사람
상대방 속마음은 모르고
아무 말이나 하는 사람
거울은 다 보고 있다
거울처럼 참모습으로 살고 싶다

바닷가에서

파도가
쉴 새 없이 밀고 밀어낸 모래가
포근하다
엄마 품 같은 모래
아픔과 슬픔에서 일어난 희열
바다처럼 넓은 엄마 품

추억의 그림자

아들과 동해 속초로 간다
더위에 시원한 바닷바람이 손짓한다
푸르고 넓은 바다
파도가 밀어 올린 모래
세월 바람에 쌓인 모래 언덕

해변을 걷는다
출렁이는 파도에 밀려오는 기억의 그림자
생사의 경계선 두만강
이쪽에선 단란한 가족과 산책하고
저쪽에선 생사의 갈림길에서 헤매는 사람들
가슴 아픈 기억
그때도 지금도 변함없이 흐르는 두만강

출렁이는 파도가 또 밀려온다

숲은 어머니 품

숲길을 걷는다
나무와 나무 사이로 햇살이 쏟아져
잎새에 금빛을 띤다
소나무 참나무 칡
숲의 대가족이다
서로 포옹하며
모진 비바람 견뎌내는 숲
햇살과 비바람
빛과 어둠이 있기에
새들이 노래하고
풀들이 숨 쉬는 낙원
숲은 어미 품이다

아지랑이

몽실몽실 피어오르는 아침 햇살에
가물가물 떠오르는 옛 추억
그동안 어디 숨었다가 다시 찾아와
아련히 스치는 바람의 그림자
따뜻했던 추억도
슬픈 추억도
안개 속에 가려져
잡혔다가 다시 사라진다
바람 같은 인생
봄날은 저 멀리 떠나가고
가을이 손을 흔든다

검은등뻐꾸기의 울음소리

단오가 가까워져 온다
옛날 엄마가 떡을 해주셨던 단오절

아침 일찍 쑥떡을 하려고 쑥을 따러 나왔다
괴상한 울음소리 들려온다
떡과 밥을~ 떡과 밥을~
검은등뻐꾸기의 울음소리다
타국에 와있다는 핑계로
불효가 된 막내딸
검은등뻐꾸기가 가슴을 친다
자식 위해 모든 것을 헌신하신 엄마
떡과 밥을~ 떡과 밥을~
엄마께 드리라며
검은등뻐꾸기가 울어댄다

주일 기도

아침 일찍 일어나 몸단장하고
교회 성전으로 모인다
나라 위해 자녀 위해 기도한다

자식 위한 기도는
왜 이렇게 마음을 울리는가
어릴 적 키워온 모습이
스쳐 지나간다
고향에서 일본에서
엄마 따라 타향살이하는 아들
늠름한 모습에 대견하다
기도의 힘일까
하나님의 은총일까
오늘도 가슴을 울리는 기도가
성전에서 메아리친다
기도로 승리한다

[성시] 축복의 꽃이 핍니다

은혜의 씨앗이 줄기를 올려 꽃이 핍니다
시련의 계절 이겨내고
복음을 전파하며 달려온 30년
하나님의 섭리를 믿어온 30년
무극중앙성결교회
지난 순종의 시간이 축복되어
주님의 지혜로 꽃이 핍니다
마음과 마음이 한 몸 되어 축복을 안깁니다
어제를 빛나게 하여 오늘이 감사하고
내일의 광명이 펼쳐집니다
하루 한 시의 풍성함과 아름다운 오늘
행복을 기도합니다
기쁨과 감사가 넘쳐서
내게 합당한 복이 사랑으로 펼쳐지는
아름다운 무극중앙성결교회
하나님의 은총으로
길이길이 빛나게 하소서
겸손한 손을 모아 기도합니다
—무극중앙성결교회창립30주년 앞에서

대보름달을 보며

정월대보름이다
바람처럼 구름처럼 흘러간 세월
하늘의 별이 되신 엄마
그리움만 꽉 찬 둥근달
오늘따라 유난히 빛난다
보름달을 보면서
늘 자식 위해 기도하시던 엄마
오늘은 이 딸이
자식 위해 두 손 모아 기도한다
둥근 달이 환한 미소로 내려다보고 있다

설날

뜨끈한 떡국 한 사발에
한 살 더 먹는 아릿한 설날이
연기처럼 피어오른다
그 설날이 그리워
눈이 쌓이고 쌓이는가
지난 아픔 모두 묻고 다시 깨어나
싹 틔우라고 눈이 덮어주는가
까치까치 설날
펑펑 쏟아지는 함박눈
잘되라고 잘살라고 함박눈이 내린다
부모님 계시던 그 설날이 그리워
함박눈이 펑펑 내린다

겨울나무

겨울에는 나무들이 잠을 잔다
벌거벗은 나무들이 무거운 짐을 내려놓고
홀가분한 몸으로 겨울을 보낸다

윙윙 부는 바람 소리
온 여름 천둥소리에
잠 못 이루었으리라
무성한 숲을 이루고 산을 지킨 나무들
모든 것 내주고 홀몸 된 어머니 같은 나무들
이제 봄이 오면 또 새싹 피우겠지

겨울 햇살

113

한겨울 한파가 기승을 부린다
출근길 차창으로
아침 햇살이 들어온다
추위에 얼었던 몸이
사르르 녹아내린다

오늘따라 눈 부신 햇살이
구석마다 따뜻한 온기를 품는다
빈 들에도 빈 가지에도
하늘과 땅 사이 모든 것들
아침 햇살에 더더욱 빛난다

봄이 온다 2

마른풀 밑으로 새싹이 눈을 뜬다
먹이를 찾아 나온 청둥오리 떼가
물 위에서 봄 소풍한다
늘어진 능수버들 가지마다 푸른 물 들이고
한들한들 넘실넘실
산책하는 길손들
발걸음 멈추게 한다
솔솔 봄바람에 얼음 녹고
시냇물 졸졸 봄노래 부른다
봄 내음 가득 새봄이 온다

피어나는 건 찰나

아침에 꽃망울 틔우던 벚꽃
온 들녘을 눈부시게 피워낸다

흐드러지게 피었다가
금방 저버리는 벚꽃
어제의 젊은 날을 뒤돌아본다
꿈과 희망으로 벅찼던 그 시절
영원할 줄만 알았지
덧없이 흘러간 세월
벚꽃도 알까
피었다 지는 건 찰나라는 걸

벚꽃길을 걸으면서
짧은 봄날의 추억을 그린다

잘 가꿔야 이루어진다

가을의 끝자락이다
시래기 장만하려고 무밭을 찾았다
뽑다가 그대로 서 있는 무들
쪼개보니 속이 텅 비었다
왠지 무가 아깝다
잘 가꾸었다면 무 농사 대박이었을 텐데
무엇이나 잘 가꾸어야 한다
몸을 잘 가꾸어야 하고
마음도 지극정성을 다하여야 한다
나를 위해서

긴 여정

아침 해가 오르고
저녁달이 오르고
오르는 해와 오르는 달만 바라보며
설렘과 희망으로 벅찬 나날
그 해가 지고 그 달이 지고
피면 지는 강산이 스무 번 변했네

한 걸음 한 걸음 달려온 발자취
행복을 위해 내일을 향한 길
비 오는 날도 눈 오는 날도
쉬지 않고 달린 길
그 길 위에서 사랑의 믿음으로
꽃을 피우네

그리움이 향하는 길

—시집『기다리는 사랑』

증재록(한국문인협회홍보위원)

그리움이 향하는 길
—시집『기다리는 사랑』

증재록(한국문인협회홍보위원)

1. 고향 한번 가는 꿈

진달래꽃 활짝 피어나는 봄이 오면 그리움이 촉촉해지는 고향 연변이 다가온다. 언제나 그립다. 어머니 아버지 오빠와 함께 골골마다 뛰어놀던 산천 연변을 잊지 않고 가까이 더 깊이 품으려 필명을 '연지'로 짓고 새긴다. 밤이 오면 유난스레 차오르는 저세상의 엄마 아빠 그리고 그리움 속의 오빠, 두만강 너머를 맘대로 가지 못하니 진달래꽃이 만발할 때면 고향을 읊조리며 눈앞에 향수와 추억을 두고 이 마음과 저 마음을 헤아린다. 하루하루 나날을 보내며 이번엔 가자! 가보자면서도 차일피일 미루며 다가가지 못한 20여 년이 안타깝기도 하다. 이 정 저 정 하나로 담는 사랑을 그리워하며 시심을 펼친다. 만남의 설렘으로 기다리는 내일이 연연하다. 여린 듯 가냘픈 진달래가 야무지게 삼동을 지나고 꽃 피워 달근한 고향의 맛을 돋운다.

연변 거기 그곳의 지금은 그 길을 생각하며 하나하나

뿌리내려 맺는 고향의 일광산, 봄부터 가을 겨울 그리고
다시 봄, 그리움은 여전히 보고픔을 잇대어 길쭉하게 늘어
지고 그 사이로 시침은 돌아 고향의 소리가 들려오는 금
왕의 수리 냇가로 나가 잡히지 않는 하늘을 본다. 지나간
날을 돌아보면 세월의 무상함에 애달파하면서도 모질게
살아왔다. 땅과 땅이 겹쳐 넓게 펼쳐지고 불쑥 솟아오른
산맥에서 내리치는 비바람은 밤낮없이 메웠다. 그만큼 질
기게 살아가는 발걸음을 터득하고 자국 자국마다 꽃봉오
리를 맺는다. 이제 다시 진달래꽃이 피어나는 연변은 변함
없이 속을 끓여 담는 그리움이다. 오래오래 깊숙 발걸음
내디디며 멀리도 와서 짓눌린 가슴 풀고 이제 당차게 산
다. 시간을 맞는다는 건 건강과 행복을 기도하며 고향 한
번 가는 간절한 꿈 자락이다. 지난해도 저지난해도 여전
히 마음속 그림은 펼쳐져 있었지만, 오늘을 벗어날 수 없
는 시간에 매달려 다가서지 못했다. 시집 한 권 내면 따뜻
하게 품고 가려니 그 마음의 약속을 이제 이루고 기다리
는 사랑을 만나러 간다. 시시각각 고향 연변이 보인다.

2. 그리움의 시간

시간은 한없이 길고 그 길 따라 만나면 그새 가버린다.
갈갈거리는 갈대가 겨울을 나고도 삭을 줄 모르는 건 백
두산 너머 두만강 건너 고향을 떠나온 그날을 잊지 못해
서다. 이제 돌아갈 샛길이 슬그머니 나타난다. 점 점으로

펼쳐지는 굽은 길, 둥글고 부드럽고 물처럼 흐르고 차면 넘치고 마르면 갈라지고 그 단순한 보기에서 깊이를 재는 그리움의 시간을 세운다. 외로이 홀로의 길을 헤쳐 온 나날에서 이제 어울려 둥글게 펼쳐 아름다운 향내의 꽃송이를 달고 피운다.

이른 밤 산책을 한다
어둠이 짙어지면서
별 하나가 내려다본다
어릴 적 밤하늘에는 별이
수없이 많았지
멍석을 펴고 밖에서 자도 좋던 그 시절
하루를 세며 돌아보던 그 시절
버틸 수도 없고
붙잡을 수도 없던 그 시절
별은 친구였는데
별은 희망이었는데
다 어디로 갔나
별아 별아
꿈의 별아
　　　―「별을 찾아서」 전문

별은 동반자고 친구였다. 어둠에서 길의 방향을 알려주고 꿈과 희망을 빛나게 해주었다. 자리를 잡지 못해 허둥댈 때 안정을 주고 힘을 주었다. 너른 하늘에서 여기저기

흩어져 있는 듯하였으나 한 눈길로 들어오면 모여 모여서 깜빡깜빡 빛으로 영원의 사랑을 보였다. 별은 하루를 헤쳐나가는 길목에서 나침반이었다. 고향 연변에서 어린 시절 무한의 신비로 설레게 하였던 별을 조상의 땅에 와서 품는다. 고난의 시절 밤하늘에 떠오른 별을 보고 노력하라 인내하라 사랑하라 마음의 길을 반짝반짝 닦았다.

봄비가 내린다
잠에서 깬 새싹들이
파릇파릇 얼굴 내민다
촉촉이 내리는 봄비
겨울을 녹여준다
엄마의 따뜻한 품에 안겨
젖 먹는 아기같이
고운 봄비가 내린다
봄비가 가슴에 스며든다
　　　　—「봄비」 전문

　봄, 본다. 새롭게 보고 새롭게 싹튼다. 봄은 나를 낮추며 너를 더 높은 곳에 이르도록 하여 빛나게 한다. 믿음은 디딤돌로 꽃을 피우고 열매를 맺어왔다. 비가 얼었던 땅을 촉촉 적셔 봄을 열고 싹을 틔워 뿌리를 내린다. 고난을 극복하게 하는 엄마의 품이 깨고 깨어난다. 봄은 생명을 잇고, 이어 기적을 이룬다. 하루하루 메마른 숨의 길에서 어제는 오늘을 낳고, 내일은 오늘로 돌아오는 순연의

길이라도 우연은 없다. 가슴에 스며드는 엄마의 사랑이
봄비 내리듯 촉촉 젖어 든다.

　눈 오는 날 길을 걷는다
　나 가는 길
　너 가는 길
　서로 십자를 내며 걷는다
　눈은 서로 포옹하며 쌓인다
　유난히 반짝이는 눈발이
　눈 부시다
　　　—「뜻을 모은다는 것」 전문

　너와 나 우리를 모두 하나로 묶는 눈, 왜 지나온 발자
국을 모두 덮어버리고, 왜 하나로 나가고자 하는지 그 의
도를 본다. 내면이 미끄러지지 않도록 갈고 새로운 길을
나서는 힘. 잘못된 길은 변명이 많아 시끄럽다. 상상을 초
월한 기도로 새로운 길을 내며 조용히 간다. 바람을 포옹
하고 지혜를 추구하며 믿음으로 길을 연다. 수평에서 수
직으로 오르는 광채, 눈을 부시게 하는 눈발을 헤치며 올
바르게 발걸음을 디딘다. 눈빛 따라 눈길을 헤쳐 바라보
며 순간을 풀어나가는 지혜가 길을 낸다.

　밭이든 개울가든
　자리를 가리지 않고 피어나는 꽃
　봄이면 나물 반찬으로

제일 먼저 식탁에 오르고
여름이면 꽃을 피워
들녘을 장식하는 망초꽃
가까이서 더 이쁘게
멀리에서 더 아름답게
망초 같은 화해의 세상
평화의 세상 오기를 기도한다
—「망초꽃」 전문

흔하면 가치가 없어지는 듯 그래도 전설이며 아픈 이야기는 가슴 적시며 친숙하게 다가온다. 자리를 가리지 않고 퍼져나가는 그 힘에 밀리는 텃밭의 풀 소리가 새롭게 들려온다. 그래서인가 화해를 속삭이며 살랑살랑 꽃대를 굽힌다. 힘은 무리에서 나온다. 화합하면 이루지 못할 일이 없을 것, 상처는 아물고 그때의 아픔을 부드럽게 감싸 안아 아름다움을 일깨우자는 풀이가 오늘을 사는 진리일 거라고 기도한다. 흔한 듯하지만 감추어진 속말을 풀어 그분의 음성에 귀 기울여 사랑을 으뜸의 가치로 화해를 기도한다.

아침 출근길
방긋 반겨주던 해님
저녁 퇴근길에는
금빛 덩어리를 선물한다
한 폭의 그림과도 같다

찬란한 순간이다
하루의 피곤이 싹 날아간다
누구에게나 찾아오는 희열의 순간
저녁노을이 빛난다
　　　　　—「불타는 저녁노을」 전문

　하루는 둘도 없는 귀하디귀한 선물이다. 새벽을 깨치고 해를 맞으면서 열리는 하루에는 수많은 생명의 숨소리가 가득 찬다. 아름지게 아람 벌게 아름답도록 그윽하게 품어 든다. 나지막한 음성에 잔잔한 울림의 노래, 해가 펼치는 금빛은 괴로운 현실과 열악한 환경을 헤쳐나가도록 발길을 달궈준다. 최선의 땀을 흘리면서 저절로 오지 않는 행복의 빛을 받으려 고난을 극복하고 승리를 향한 믿음으로 나간다. 저녁노을이 아름다운 건 한낮의 열정이 뜨거워서다. 번쩍이는 빛의 순간을 다투지 않고 잘 받아들여서다.

3. 연연히 떠오르는 그리움

　그리움의 응어리가 차디찬 바람에 꽁꽁 얼어붙었다가 녹는다. 늘 그리움에 젖어 바라보는 그 길 연변의 지금은 어떠한지? 모진 삭풍 일어설 때마다 움츠러들어 눈앞을 흐렸다. 눈발이 가슴을 치올려 밟을 때마다 눈물이 얼었지만, 고향의 맛은 따뜻하다. 어울림을 달궈주는 손마디마다 일어서는 고향길엔 이미 저 하늘로 가신 엄마며 아빠의 웃음이 배어나고 오빠의 손짓이 달려들어 이제나저제나 시인의 간절함을 꽃으로 피웠다.

『그리움은 그리움을 낳고』 어두운 마음 풀기 1집을 펴낸 지도 벌써 3년째, 올해는 가리다 벼르고 벼른다. 고개를 들면 이내 눈물에 젖어 흐릿해지는, 어떡하면 좋을지 한참 만에 다시 눈꽃은 피어오르고 벌판에 서 있는 머리카락은 바람에 날리고 후끈 달아오른다. 바라고 원하는 것 시간이 흘러 세월 속으로 들어가도 사랑이 그리워지는 자리, 미풍에 살랑대는 오월의 사잇길로 발걸음 옮길 날을 기다린다. 잡히지도 않는 그리움에 꿈은 살랑거리고 보이지도 않는 사랑은 나풀거리고 그렇게 흘러간 나날에 머리칼이 눈부시도록 흩날린다. 이쪽에서 저쪽 그쪽의 길이와 거리를 당긴다. 손안의 폰으로 가끔 소식을 주고받으면 더 가고 싶은 고향, 가야지, 가봐야지. 벼르고 벼려 왔던 날이 다가온다. 그동안 살아온 날을 시로 펼쳐 달려갈 날, 거기 연연히 떠오르는 연변의 그리움은 변치 않는다. 그동안 쌓아놓고 보여줄 것도 한 바구니고 들려줄 것도 한 보따리다. 나 이렇게 살며 보고 싶어 했다고 연변의 하늘 아래 추억의 사진첩만 넘기고 있던 마음이 사랑을 펼친다.

때가 되어 정성껏 손을 모은 기도에 응답해 주신 주님의 은혜에 감사한다. 주름진 오빠가 품을 열고 안아줄 그날이 다가와 묵혔던 그리움을 풀어나간다.

기다리는 사랑

연지 이영옥 지음

발행처   도서출판 청어
발행인   이영철
영업   이동호
홍보   천성래
기획   육재섭
편집   이설빈
디자인   이수빈 | 구유림
인쇄   정우인쇄

등록   1999년 5월 3일
          (제321-3210000251001999000063호)

1판 1쇄 발행 2026년 4월 30일

주소   서울특별시 서초구 남부순환로 364길 8-15 동일빌딩 2층
대표전화 02-586-0477
팩시밀리 0303-0942-0478
홈페이지 www.chungeobook.com
E-mail   ppi20@hanmail.net

ISBN   979-11-6855-451-1(03810)

본 시집의 구성 및 맞춤법, 띄어쓰기는 작가의 의도에 따랐습니다.
이 책의 저작권은 저자와 도서출판 청어에 있습니다.
무단 전재 및 복제를 금합니다.

이 책은 충청북도, 충북문화재단의 후원으로
2026 예술창작활동 지원사업 공모전 당선으로 지원받아 발간되었음.